The Teachers Want a Snow Day!

It was the end of January and the air was biting and frigid cold. It was so cold that you could see your breath. Usually by this time of winter, it had snowed but not this year.

A teacher looked longingly out the window hoping for snow but…

not

one

snowflake

F
E
L
L

The teachers want a snow day!

On Monday, the science teacher taught about wild weather.

The students learned about freezing precipitation like snowstorms, blizzards, and sleet.

They learned that water freezes at 32 degrees Fahrenheit or 0 degrees Celsius.

But still not one snowflake fell.

On Tuesday, the social studies teacher taught about the coldest oceans on Earth. The Arctic Ocean is located in the Northern Hemisphere and the Southern Ocean which is located in the Southern Hemisphere.

The math teacher taught estimating. The class made predictions for the date and amount of inches of the first snowfall. Then they made a graph showing their predictions.

But still not one snowflake fell.

The teachers want a snow day!

On Wednesday, the students had physical education or PE class. The teacher taught the students to play freeze tag. The students chased, caught, and "froze" their friends and then waited for someone to "thaw" them out.

That day, there was a lot of freezing in the gym.

But still

not

one

snowflake

F
E
L
L

The teachers want a snow day!

On Thursday, the art teacher taught how to make paper snowflakes. The students carefully creased the paper, folded it into triangles, and snipped snowflake designs. The teacher decorated the hallways with the paper crystals. Inside, the school was decorated with the delicate, lacy, and frosty creations.

But still

not

one

snowflake

F
E
L
L

The teachers want a snow day!

On Friday, the music teacher played icy melodies on the piano, while the students created snow dances. The students then composed frosty tunes for their recorders.

But still

not

one

snowflake

F
E
L
L

The teachers want a snow day!

On Saturday, the teachers went shopping. They stocked up on their favorite items and got prepared just in case the snow day they had hoped and dreamed about came true.

The science teacher bought hot cocoa and a new mug to warm her up on a snow day.

The social studies teacher bought travel guides hoping for a day off to explore.

The math teacher measured ingredients for home-baked cookies.

The PE teacher bought new skis, wishing to use them on a snowy mountain.

The art teacher bought new paints and a canvas to create a snowy landscape.

The music teacher thought about snuggling in front of her fire with her new CD.

But still

    not
        one
            snowflake

F
  E
    L
      L

The teachers want a snow day!

On Sunday, the teachers texted each other all the myths they could think of to make it snow.

Wear your pajamas inside out.

Get out your snow boots, go outside, and do the snow dance.

Put a bowl of ice cubes on your porch.

Place a white crayon in your freezer then sleep with it under your pillow.

Run around your table five times.

Flush an ice cube down the toilet.

That night, the teachers had thoughts of falling snowflakes twirling in their heads.

But as they prepared for bed, still

    not
      ONE
        snowflake

F
  E
    L
      L

The teachers want a snow day!

During the night...

...millions of snowflakes fell.
The teachers' wishes came true.

SNOW DAY!

Photograph by Yasmeen Zargarpur

About the Authors

Alexis Rivera is most proud of her four daughters Rachel, Willow, Renata, and Sarah and granddaughter, Jordan. Presently she is a first grade teacher in Fairfax County, Virginia. She is an avid gardener and enjoys cooking with her husband, Rolando. She credits all of her blessings to her Lord and Savior, Jesus Christ. This is her second book with Mascot Books, the first titled *One Blue Shoe*.

Lisa Zargarpur is a Virginia native who lives in Manassas with her husband, Jake, and their three daughters. Lisa is a professional flutist and K-6 general music teacher in Fairfax County Public Schools. She completed her music degrees at George Mason University and studied education at the University of Mary Washington. While she considers herself a life-long learner, she always appreciates a good snow day.

About the Illustrator

Katerina Tzamarias is a recent graduate of James Madison University with a Studio Art degree and a concentration in Industrial Design and Art History. Katerina was raised in Canada but she has resided in Northern Virginia approximately for the last decade working as a cartoonist, painter, illustrator, and designer.

Acerca de la autora

Alexis Rivera disfruta de su trabajo como profesora de primer grado en el Condado de Fairfax, Virginia. Está muy orgullosa de sus cuatro hijas, Rachel, Willow, Renata, y Sara, y de su nieta, Jordan. Le deleita la jardinería y le gusta cocinar con su esposo, Rolando. Ella valora todos los dones recibidos de su Señor y Salvador, Jesucristo.

Lisa Zargapur es originaria de Virginia y vive en Manassas con su esposo, Jake, y sus tres hijas. Lisa es una flautista profesional, y profesora de música desde kindergarten hasta el sexto grado en las Escuelas Públicas del Condado de Fairfax. Obtuvo su diploma de música en la Universidad George Mason y estudió educación en University of Mary en Washington. Aunque ella se considera que continúa aprendiendo a lo largo de su vida, siempre le gustan los días de grandes nevadas.

Acerca de la ilustrador

Katerina Tzamarias se graduó recientemente de la Universidad James Madison con un diploma en Arte, Diseño Industrial e Historia del Arte. Creció en Canadá y ha vivido en Virginia la última década trabajando como caricaturista, pintora, ilustradora y diseñadora.

Acerca de la traductora

Alicia Rivera nació y creció en El Salvador, donde ella y su esposo tuvieron cinco hijos. En 1976, se trasladaron al área metropolitana de Washington D.C. y la Sra. Rivera trabajó bajo las Naciones Unidas, primero con PAHO (Organización Panamericana de la Salud) y después con el Banco Mundial. Se jubiló del Banco Mundial en 1995. En la actualidad trabaja como traductora independiente. Sus pasatiempos favoritos son la lectura, escuchar música clásica, tejer, cocinar, y actividades con su iglesia.

Durante la noche

cayeron millones de copos de nieve.
El lunes, el deseo de los profesores
se hizo realidad

¡DIA DE NIEVE!

El domingo en la noche, los profesores se enviaron textos, acerca de los mitos para hacer que caiga nieve.

Ponerse las pijamas al revés.

Ponerse botas para nieve y salir a hacer la danza de la nieve.

Colocar un recipiente con cubos de hielo en el porche.

Poner un crayón blanco en el congelador y dormir con él bajo la almohada.

Correr alrededor de la mesa cinco veces.

Dejar ir un cubo de hielo en el inodoro.

Pero todavía

     ni

        un solo copo

           de nieve

C
  A
    Y
      Ó

Esa noche los profesores se fueron a dormir soñando con nieve.

El sábado los profesores fueron de compras, buscando sus artículos favoritos en caso de que el día de nieve que habían estado deseando se volviera realidad.

La Profesora de Ciencia se compró chocolate caliente y un nuevo pocillo, deseando una nevada.

La Profesora de Estudios Sociales compró mapas y guías turísticas esperando un día libre para explorar.

La Profesora de Matemáticas midió los ingredientes para hornear galletitas.

El Profesor de Educación Física compró nuevos esquis deseando usarlos en las montañas nevadas.

La Profesora de Artes compró nuevas pinturas y lienzos para pintar un paisaje nevado.

La Profesora de Música compró un nuevo CD para escucharlo cómodamente frente al fogón de la chimenea.

Pero todavía

    ni

        un solo copo

           de nieve

C
  A
    Y
      Ó

Las profesores querían un día de cierre por nieve.

El viernes, la Profesora de Música tocó el piano y los estudiantes bailaron al compás de la música. Los estudiantes tocaron sus flautas.

Pero todavía

ni

un solo copo

de nieve

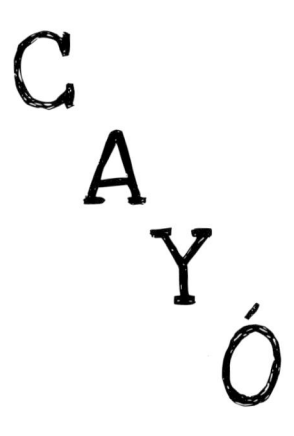

Las profesores querían un día de cierre por nieve.

El jueves la Profesora de Artes le enseñó a los niños cómo hacer copos de nieve de papel. Los estudiantes cuidadosamente doblaron el papel en triángulos y recortaron diseños de copos de nieve. La profesora décoró la escuela con copos de nieve. Pero todavía

ni

un solo copo

de nieve

C A Y Ó

Las profesores querían un día de cierre por nieve.

El miércoles los estudiantes tuvieron clase de educación física. El Profesor les enseñó cómo jugar de congelar sus amigos. Los estudiantes persiguieron y congelaron a otros niños y esperaron que otro viniera a descongelarlos. Pero todavía

ni

un solo copo

de nieve

C
A
Y
Ó

Las profesores querían un día de cierre por nieve.

El martes, la Profesora de Estudios Sociales enseñó acerca de los océanos más fríos del mundo. El Océano Ártico está localizado en el hemisferio Norte y el Océano del Sur está localizado en el hemisferio Sur.

La Profesora de Matemáticas enseñó acerca de pronósticos. Los estudiantes hicieron predicciones acerca de cuándo y cuánta nieve caería. Entonces ellos hicieron una gráfica.

Pero todavía ni un solo copo de nieve cayó.

Las profesores querían un día de cierre por nieve.

El lunes, la Profesora de Ciencias, enseñaba lecciones de clima severo. Los estudiantes recibieron instrucción sobre precipitación congelada, como en la nieve, ventisca y aguanieves. Aprendieron que el agua se congela a los 32 grados Fahrenheit o a cero Celsius. Aun así, ni un copo de nieve caía.

Las profesores querían
un día de cierre por nieve.

Pero todavía

1 2 3 4 5 6 7 8 9

enero					1	2
3	4	5	6	7	8	9
10	11	12	13	14	15	16
17	18	19	20	21	22	23
24	25	26	27	28	29	30
31						

We Want Snow

ni

un solo copo

de nieve

C
A
Y
Ó

Las profesores querían un
día de cierre por nieve.

Estaba bastante avanzado el mes de enero con un frío tremendo y frígido. Era tanto el frío que la respiración producía vapor. Normalmente, a estas alturas del invierno, ya había nevado pero no este año. La profesora estaba admirando la belleza del invierno desde la ventana de su aula pero ni un copo de nieve cayó.